L'homme. Son environnement. Son enfance

Un homme à la barbe et aux cheveux blancs, aux yeux très bleus, vêtu avec une grande simplicité, traversait une rue à proximité de la Sagrada Familia, l'air mi-pensif, mi-fâché. Il sortait d'un entretien avec l'un des ouvriers occupé dans l'église. Comme toujours, l'ampleur de son travail l'avait mis en retard. Jamais il n'avait de montre sur lui et quand quelque souci occupait son esprit, il ne se rendait pas compte du temps qui passait et en oubliait le boire et le manger.

L'homme qui s'adonnait avec autant de joie à son labeur s'appelait Antoni Gaudí. Né à Reus près de Tarragone, le 25 juin 1852, Antoni Gaudí était le fils d'un chaudronnier qui exerçait ses talents dans un village voisin du nom de Riudoms. Il était le benjamin de cinq frères et, bien qu'il partît encore jeune vivre à Barcelone, il resta toujours un homme de la terre soupe au lait, ce qui lui fit dire peu avant sa mort : « j'ai pu me rendre maître de presque tout, mais jamais je n'ai pu vaincre mon mauvais caractère ».

Sa personnalité se révéla dès son enfance. A l'école, il se faisait remarquer par son caractère décidé qui le conduisait à se consacrer à fond à ce qui l'intéressait vraiment, boudant tout ce qui ne présentait pas d'attrait. Aussi ses notes étaient-elles des plus irrégulières, un vrai casse-tête pour ses maîtres et pour ses parents qui ne savaient jamais jusqu'où irait cet enfant d'un esprit si décidé.

Quand il était petit garçon, il mettait à son travail autant d'application que ce vieillard qui traversait la rue sans regarder et à propos duquel nous allons vous conter quelques faits et gestes qui, nous l'espérons, vous aideront à le connaître et à apprendre à regarder son oeuvre avec une plus grande attention.

Les animaux et la nature

Le jeune Antoni aimait faire des excursions et, tandis qu'il parcourait la campagne et les montagnes, il observait tout, ne cessant d'ap-prendre les leçons de la nature.

Après quoi il se rendit compte que la nature lui donnait la solution des problèmes qui se posaient à lui dans ses constructions. Et c'est ainsi qu'il tenta d'appliquer à l'architecture ce que la nature lui enseignait.

Des êtres vivants qui l'entouraient, il en fit des éléments décoratifs. Si vous observez bien, vous pouvez trouver des insectes en guise de poignées de porte, des tortues soutenant des colonnes, des feuilles s'unissant pour former des portes, des fleurs mêlées sur les murs d'une chambre, des dragons qui grimpent et vous guettent du haut des lieux les plus inattendus.

La leçon de la nature ne lui servait cependant pas seulement à obtenir des éléments décoratifs. Il mettait à profit ce qu'il apprenait au cours de ses excursions pour donner plus de stabilité à ses constructions.

Pour preuve de son esprit d'observation, regardons de près l'un des animaux, mieux encore l'une des plantes qui ornent ses maisons ; nous voyons bien que nous pouvons y reconnaître les différentes espèces, tellement les reproductions sont fidèles.

Aussi pouvons-nous vous assurer que les enseignements tirés des divers travaux qu'il réalisa au cours de ses études furent plus importants pour lui que tous les préceptes académiques.

Comme son père n'était pas, pour ainsi dire, riche, Antoni devait travailler pour payer ses études, si bien qu'il ne cessa, avec l'obstination qu'on lui connaît, de s'employer dans différents cabinets d'architecture où il pouvait se confronter à des problèmes pratiques et réels réclamant une solution immédiate qui l'intéressaient bien davantage que tous les aspects théoriques abordés à l'Ecole.

Études et premiers travaux

En 1873, bien décidé et avec une grande envie d'étudier, il s'inscrivit à l'École provinciale d'Architecture de Barcelone.

Mais son enthousiasme pour l'école tomba rapidement et, en dépit des édifices qu'il élèvera par la suite, il ne fut pas un bon élève. On voyait bien que ce jeune étudiant de Reus n'avait aucun goût pour la discipline, sa force intérieure le conduisait à donner plus d'importance à ses impulsions, plutôt qu'aux normes enseignées, à l'expérience directe et vécue, plutôt qu'aux pages des livres, au travail personnel, plutôt qu'aux règles établies.

A la fin de ses études, on commença par lui confier de petites réalisations qu'il accueillit avec le même enthousiasme qu'il aura plus tard pour des ouvrages de grande dimension. Pour bien comprendre cela, regardez les lampadaires de la Place royale de Barcelone et vous verrez qu'ils sont très étudiés et réalisés avec le plus grand soin. Eh bien, ils sont l'oeuvre du jeune architecte Gaudí.

Deux caractéristiques de son oeuvre : l'imagination et les métiers artisanaux

Au fur et à mesure que vous avancerez dans la connaissance de l'oeuvre d'Antoni Gaudí, vous vous rendrez compte que ses édifices se dis-tinguent de ceux d'autres architectes parce qu'ils paraissent le fruit d'une imagination débordante qui nous fait oublier que cette maison est de pierre, de fer, de bois et autres matériaux fort peu poétiques.

Bien sûr, mais si votre regard s'attarde sur chacun des éléments qui composent ses édifices, vous verrez que cela est possible parce que l'architecte connaissait à fond tous ces matériaux, savoir de la plus haute importance qui lui permettait de réaliser tout ce que lui dictait sa fantaisie.

Imaginait-il une chose, il savait comment la réaliser. Il le pouvait car il faisait partie de ces quelques architectes possédant une connaissance aigüe des métiers artisanaux et, comme il était à la fois sculpteur, forgeron, peintre, que sais-je encore, il pouvait expliquer à ceux qui travaillaient avec lui comment ils devaient réaliser telle tortue destinée à soutenir une colonne, tel arc en forme de palmier ou telle mosaïque faite de petits morceaux de céramique dont il voulait orner les édifices si fantastiques qu'il construisait.

Ces métiers qu'il apprit au cours de ses études l'accompagnèrent tout au long de sa vie. Travailler de ses mains était pour lui une gym-nastique quotidienne lui permettant d'appri-voiser les matériaux et de connaître tous leurs secrets.

Même très âgé, il ne perdit pas cette habitude et, à sa mort, on découvrit qu'il travaillait à des lampes de bronze qu'il fabriquait de ses propres mains.

L'ILLUSTRATION FRANÇAISE
Barcelon
Le vieux
maitre t
vaille en
core en
MULTIPL
PROJECT
DE DECO
TIÓN
a l'inv
tión de
bibelot
qui sc
un pe
morce
de sa
capac
creativ

Les maisons de Barcelone

Les oeuvres d'Antoni Gaudí se trouvent dans des lieux divers, certains très éloignés les uns des autres, comme Astorga, León, Santander ou Majorque ; mais c'est des maisons qu'il construisit à Barcelone.

Nous aimerions beaucoup que vous alliez vous-même voir chacune de ces maisons et jouiez aux détectives qui veulent vérifier quels furent les éléments utilisés par le génial architecte pour sa construction. Nous allons vous donner quelques pistes pour faciliter vos recherches.

La Maison Vicens

C'était la résidence d'été d'un marchand de carreaux de faïence, le premier à passer une commande importante au jeune architecte. C'est peut-être pour cette raison que Gaudí mit à cet ouvrage toute son obstination et tout son génie, pour aboutir à une maison qui semble une explosion d'imagination.

Un exemple parlant est la fontaine de l'Arc en ciel où l'eau rebondit sur les fers pour se décomposer au sol dans les couleurs de l'arc en ciel. A l'intérieur de la maison se trouve une pièce au plafond couvert de cerises et aux murs foisonnants d'oiseaux et de flamands créant une atmosphère de conte de fées.

Soyez attentifs et vous verrez sur les murs différentes inscriptions telles que, par exemple, « Sol, Solet », « Oh, l'ombra de l'estiu » et d'autres encore que vous pourrez certainement découvrir.

SOL, SOLET....
OH, L'OMBRA DE L'ESTIU
CARRER CARO-LINES
VICENS RAJOLES

Le Collège des Teresianas

Pour cet édifice qui devait abriter un collège de religieuses, le budget était plutôt limité. Gaudí fit un projet bien plus austère qu'en d'autres occasions.

Nous le citons cependant afin que vous n'ignoriez point qu'il réussit là des espaces bien intégrés ainsi qu'une savante distribution de la lumière, particulièrement dans les couloirs.

La Maison Calvet

Pour la première fois, Gaudí travaillait dans une maison de rapport sur la commande d'un marchand de tissus. Comme ce commerçant goûtait fort les champignons, l'architecte fit les balustrades et les reliefs de la pierre en représentant différentes espèces de champignons.

Gaudí s'investissait tellement dans la construction de ses édifices que pour cette maison il dessina même les meubles.

A titre de curiosité, nous voulons vous signaler la représentation d'une punaise en guise de poignée de porte.

La Maison Bellesguard

En 1900, il fut chargé d'élever une maison sur l'emplacement même où le roi Martí l'Humà avait construit une petite retraite éloignée de la ville. Il sut en respecter les vestiges pour y intégrer le bâtiment.

Si vous regardez d'un peu loin la Maison Bellesguard, vous verrez qu'édifice et montagne s'unissent et se mêlent en une composition magique. Cet effet fut obtenu grâce à l'idée qu'eut l'architecte de faire les murs de la maison de la même couleur que la montagne.

Pour continuer dans votre recherche de détails curieux, voyez donc les poignées de portes en forme d'os humains.

La Maison Batlló

Des fabricants de tissus chargèrent l'architecte de restaurer la façade de leur maison du Passeig de Gràcia. Son imagination se donna libre cours dans cette construction.

Le toit des combles devint le dos d'un dragon, les colonnes se remplirent de motifs végétaux et de reliefs floraux, les cheminées se transformèrent en fantastiques éléments aux couleurs variées, la façade de la maison se couvrit de petits morceaux de céramique et de cristaux, et les meubles eux-mêmes prirent la forme d'os humains. On eût dit qu'une fée, venue au Passeig de Gràcia, avait métamorphosé cette maison en un édifice plein de poésie.

La Maison Milà

Aux abords de la Maison Milà, il semble que surgisse soudain au milieu des maisons et des immeubles, une falaise, mais non, ce n'est pas une montagne urbaine mais le dernier édifice que construisit notre architecte avant de s'enfermer pour concevoir la Sagrada Familia.

Une armée de cheminées et de ventilateurs surveille la maison depuis la terrasse, pareille à des sentinelles de pierre imitant les formes moutonnantes de la fumée qui s'élève dans le ciel.

Gaudí tenta une nouvelle innovation dans cette maison en ajoutant une rampe qui permettait aux voitures de l'époque de déposer leurs occupants devant la porte de leur appartement. Demander plus de confort n'est guère possible!

ASA
ILÀ
29
doctor ANDRE

Les Güell

Dans la vie d'Antoni Gaudí, quelques personnes jouèrent un rôle de premier plan, facilitant la réalisation de plusieurs de ses oeuvres : Messieurs Güell et la famille Comillas.

La famille Güell était l'une des plus riches de l'époque et, lorsqu'elle fit la connaissance de l'architecte, elle mit en lui tant de confiance qu'il put travailler avec la liberté et les moyens dont il avait besoin. Tout particulièrement Eusebi Güell, qui poursuivait les mêmes idéaux créatifs qu'Antoni Gaudí. Aussi s'entendirents-ils tout de suite.

Les Pavillons Güell

La famille Güell lui donna entre autres à réaliser les pavillons d'entrée (loge du concierge et écuries) et la porte de sa propriété des faubourgs de la ville, où se trouve actuellement le Palais de Pedralbes.

La porte, que l'on peut voir de la rue, est un magnifique dragon ailé qui, nous pouvons le dire sans crainte d'exagération, est le point culminant des nombreuses représentations de cet animal figurant dans l'oeuvre d'Antoni Gaudí. Observons que la forme de son corps suit la position des étoiles dans les constellations du Dragon et d'Hercule.

Le Palais Güell

Deux ans plus tard, en 1885, il fut chargé de construire la résidence de cette même famille à la ville du Barcelone.

Dans cet ouvrage, l'architecte fit un grand effort d'imagination qui couvre l'édifice tout entier, du sous-sol aux cheminées qui évoquent la forêt d'un conte fantastique.

Tout ce que contient ce palais est surprenant et plein d'invention, des escaliers suspendus et des systèmes de ventilation aux grandes orgues, de la chapelle-armoire aux plus de quarante types différents de colonnes que nous pouvons y trouver.

La Crypte Güell

A Santa Coloma de Cervelló, le comte Güell fit bâtir une usine textile et une cité ouvrière. Gaudí conçut la crypte de ce qui aurait dû être l'église.

C'est l'oeuvre de l'architecte la plus incomplète mais sans aucun doute la plus parfaite du point de vue de la construction, la plus originale et la plus surprenante de toutes celles qu'il a réalisées.

Afin de comprendre les difficultés qu'il rencontra dans sa réalisation, sachez que le projet fut établi en 1898, que les travaux débutèrent en 1908 et que la construction fut interrompue en 1917.

Un détail nous permet de mieux comprendre la façon de procéder de Gaudí. Sur l'emplacement du futur escalier de l'église poussait un pin déjà centenaire. La pensée d'avoir à l'abattre lui déplaisait fort et, dans son grand respect pour la nature, il préféra détourner l'escalier plutôt que de couper un arbre qui se trouvait là depuis tant d'années.

PAÑA
SANTANDER
TEIXITS
GÜELL
VIROLAI
VIROLAI

Le Parc Güell

Le comte Güell caressait le rêve d'une grande ville-jardin où les maisons se mêleraient à plus de cinquante pour cent de jardins, d'arbres et d'espaces où les enfants pourraient jouer et les adultes se promener, lire ou simplement se reposer.

Il chargea de cette tâche son ami Gaudí qui se mit à l'ouvrage avec plaisir car l'idée l'enchantait. Malgré leur enthousiasme à tous deux, la construction du Parc fut interrompue par la guerre et par la suite définitivement arrêtée avec la mort du comte.

On construisit l'entrée, avec sa grille en forme de feuilles de palmier, caractéristique de la Catalogne, pays que Gaudí aimait tant et qu'il défendit toujours, et son perron représentant un curieux dragon dont on ne sait trop s'il s'agit d'un dragon sympathique et doux ou d'un grand lézard.

Assurément le travail réalisé permit à Barcelone de posséder un monument de grande qualité et de toute beauté.

Le promeneur qui gravit les chemins sinueux au flanc du mont, sur lequel devait s'élever cette petite ville, peut aisément imaginer la beauté de cette cité et des soixante maisons qui devaient la composer, bien qu'on en construisit seulement trois, une pour les Güell, devenue école aujourd'hui, une autre pour un médecin de Barcelone, où continue à vivre sa famille, et une autre pour Gaudí lui-même, transformée de nos jours en maison-musée.

Gaudí nous a également laissé une grande place où devaient être donnés des concerts, des fêtes et des représentations. Elle est aujourd'hui utilisée pour l'usage qui lui était destiné.

Quatre-vingt-six colonnes soutiennent cette place au milieu desquelles devait se tenir le marché. Ici, un banc s'étire en une vague ondulante, merveilleux casse-tête composé de mille et un petits morceaux de céramique, de verre, de carreaux de faïence... Si vous visitez le parc, tâchez de découvrir de quoi sont faits les éléments qui le constituent. Vous verrez comme c'est amusant.

Intérieur des maisons

Peut-être qu'à force de regarder autant la nature, Antoni Gaudí a compris au fur et à mesure que toutes les choses avaient une relation entre elles, que rien ne correspond à un élément isolé et que tout a une relation avec ce qui l'entoure.

Cette variété que l'on peut trouver dans les aspects de notre vie et de notre entourage, peut être appliquée à l'architecture. C'est pour cela que Gaudí pensait aux maisons comme un tout. Il ne réfléchissait pas seulement à comment solutionner chacun des problèmes qui surgissait lors de la construction de l'édifice, mais une fois fini, il travaillait inlassablement à appliquer des solutions géniales autant sur la façade que sur la moindre poignée de porte.

Par conséquent, nous pouvons aussi trouver dans ses intérieurs des imitations de paysage, comme ces dunes qui apparaissent sur les plafonds de plâtre de la Casa Milà. Nous pouvons constater comment Gaudí s'essayait à de nouveaux matériaux, à des motifs utilisés par ailleurs, comme des formes similaires à celles d'un sac en toile que présentent les fers forgés des balcons de la Casa Milà.

Un autre sujet qui passionnait Gaudí était le traitement de la lumière dont la Casa Vicens est un exemple clair. La salle à manger, le fumoir et la galerie y sont caractérisés par le traitement des murs avec des décorations « chinoises » et de nombreuses peintures qui pourraient déterminer une ambiance trop fermée mais qui sont éclairées par Gaudí moyennant un traitement de la lumière provenant de la galerie.

Dans la Casa Milà, les éléments décoratifs sont innombrables, des inscriptions sur le plafond jusqu'aux poignées de porte, ou les baies vitrées imitant des carapaces de tortues.

C'est sans aucun doute la Casa Batlló qui reste le plus bel exemple de l'intérêt de Gaudí pour tous les éléments qui interviennent dans un intérieur. Tout dans cette maison, de l'escalier au plafond, de la cheminée au mobilier de la salle à manger nous permet de dresser un inventaire de solutions réfléchies à la mesure d'une ambiance unique.

La Sagrada Familia

Gaudí était un homme profondément religieux. Aussi lorsqu'il apprit que la Sagrada Familia deviendrait la cathédrale de la nouvelle Barcelone, il fut si enthousiaste que, bien que l'oeuvre fût commencée par un autre architecte, il se chargea de l'ouvrage avec une joie immense, apportant sur le champ de nombreuses modifications.

Au fur et à mesure que le temps passait — songez que ses premiers travaux datent de 1884 — il était de plus en plus absorbé par la tâche, et l'ouvra-ge le fascinait tant qu'à partir de 1908, il y mit toute son âme et n'entreprit aucune autre cons-truction.

Son projet était fabuleux. Dix-huit tours de-vaient entourer les nefs, avec une véritable apothéose de pinacles et de tours qui ont bien sûr la même structure que les tours dressées par les *castellers* ou tours humaines. En outre elles devaient être accompagnées de collèges, de maisons, de salles de réunions...

Durant toutes ses années de labeur, il ne put voir que la réalisation de la crypte, de l'abside et de la façade de la Nativité, pareille à une immense crèche, si importante qu'à elle toute seule elle a valeur d'édifice, et durant de nombreuses années, elle fut l'un des symboles les plus célèbres de Barcelone. De nos jours, l'édifice est toujours en construction, avec son intérieur qui ressemble à une forêt de colonnes, les tours centrales consacrées à Jésus, la Vierge Marie et les quatre Évangélistes, et de nouvelles façades. Il paraît que sa construction sera achevée en 2026.

Gaudí voulait que ce temple résume l'ensemble de ses recherches et de ses découvertes et, maintenant que vous connaissez un peu mieux la dimension de son oeuvre, vous pouvez imaginer ce que cela signifie.

Les éléments géométriques, les animaux et les plantes, prédominent dans toute la construction, chacun avec son symbolisme propre. En voici un exemple : deux colonnes reposent sur deux splendides tortues de pierre, eh bien, celle qui se trouve côté mer est une tortue de mer alors que l'autre est une tortue terrestre comme celle que vous pouvez avoir dans votre jardin.

Gaudí
ARQ.
PROJECTE TEMPLE SAGRADA FAMÍLIA
FAÇANA DE LA GLÒRIA

ULTRA-MARINS
SALA-BOSC
SASTRERIA
1884
30
CORTS C. RAMBLAS
PASTILLES
DR ANDREU
DIA

Antoni Gaudí, s'éteignit le 10 juin 1926. Au sortir de la Sagrada Familia, il traversa la chaussée sans prendre garde et fut renversé par un tramway. Il fut transporté dans un état très grave à l'hôpital, mais, comme il portait des vêtements très humbles, personne ne le reconnut. Quand on sut enfin qui il était, ses amis lui proposèrent de se rendre dans une clinique, mais il refusa et leur dit : « ma place est ici parmi les pauvres ».

L'empreinte de Gaudí

Nous vous avons déjà commenté que Gaudí a fait d'autres oeuvres dans d'autres villes. Nous tenons toutefois à vous parler des plus importantes d'entre elles vous permettant de vous faire une idée de la grande renommée de son oeuvre.

Citons alors la Vil·la El Capricho, située à Comillas, à Santander ; à Astorga (León) se trouve le Palais Episcopal d'un style très différent du soi-disant gothique ; il faut également mentionner que Gaudí collabora à la restauration de la Cathédrale de Palma de Mallorca.

L'oeuvre d'Antoni Gaudí ne cessera jamais de nous épater. Grâce à elle nous apprendrons à poser sur la nature un regard respectueux et différent. Son oeuvre nous aidera également à comprendre que tout ce qui nous entoure, jusqu'aux plus petits détails, mérite un lieu et une importance qu'il faut désormais prendre en compte.